KB042068

낙타는 달리지 않는다

시작시인선 0498 낙타는 달리지 않는다

1판 1쇄 펴낸날 2024년 2월 29일
지은이 박영미
펴낸이 이재무
기획위원 김춘식, 유성호, 이형권, 임지연, 차성환, 홍용희
책임편집 박예솔
편집디자인 민성돈, 김지웅, 정영아
펴낸곳 (주)천년의시작
등록번호 제301-2012-033호
등록일자 2006년 1월 10일
주소 (03132) 서울시 종로구 삼일대로32길 36 운현신화타워 502호
전화 02-723-8668
팩스 02-723-8630
블로그 blog.naver.com/poemsijak
이메일 poemsijak@hanmail.net

ⓒ박영미, 2024, printed in Seoul, Korea

ISBN 978-89-6021-755-3 04810
       978-89-6021-069-1 04810(세트)

값 11,000원

낙타는 달리지 않는다

박영미

천년의
시 작

시인의 말

 농사일을 거들며 틈틈이 시를 썼던 지난 몇 년간은 참 평화로운 날들이었다.
 물론 내가 하는 일이 제한적이기도 하지만, 예초기를 몰고 풀이 우거진 나무 사이를 달리면 우거졌던 풀은 깨끗이 면도(?)가 되고
 내 안의 감정도 정화되는 느낌이었다.
 잘 익은 과일을 상자에 담는 선과 작업은 뿌듯한 감이 들어 좋았다.
 지난해 큰 수술을 해서 이제는 농사일도 같이 하지 못 하지만 바라보는 것만으로도 뭔가 즐거운 마음이 된다 .

 세 번째 시집을 내면서,
 지금까지 이끌어 주신 김용락 선생님께 감사를 드리고, 나와 함께 시를 읽고 공부하는 〈삶과 문학〉 문우들 모두에게도 고마운 마음을 전하고 싶다.
 그리고 변함없이 나를 그 품에서 살게 하시는 하나님께 가장 깊은 감사를 드리고 싶다.
 또한 부족한 시집을 세상에 내 주신 출판사 여러분의 노고에 고개 숙여 감사의 인사를 올립니다.

차 례

시인의 말

제1부

제2부

제3부

제4부

제5부

해 설

제1부

사랑, 그것은 1
—혹등고래

거대한 혹등고래가 폐그물에 걸려

호흡을 하지 못해 몸부림치며

죽어 가고 있었습니다

위기를 직감한 고래 연구가 P씨는

위험을 무릅쓰고 고래에게 다가가

그물을 잘라 내기 시작했습니다

그때마다 고래가 머리를 휘저어

아내와 다섯 살짜리 딸이 타고 있는 배가

전복될 위기가 왔지만

그는 그 작업을 멈출 수 없었습니다

그는 아내와 딸을 세상 누구보다 사랑했지만

고래도 그에 못지않게 사랑했습니다

마침내 고래가 해방되고

어엿이 헤엄치기 시작했습니다

잠깐 시간이 지난 후

고래는 배 주위를 돌면서

몸을 수직으로 일으켜 세워 신나게 뛰어오르며

장관을 연출하기 시작했습니다

그 고래는 40번이나 뛰어오르며

생명을 구해 준 고마움을 표시하고는

유유히 대양으로 사라져 갔습니다

사랑, 그것은
이 온 세상을 하나로 묶는
가장 강력한 끈입니다

사랑, 그것은 2
—장미

앞마당에 있는 오엽송 얕은 그늘 앞에
장미 두 그루 심었습니다
옅은 분홍 장미와, 여린 주황색 장미
설거지할 때 부엌 창을 열면
주황 장미가 직선으로 내 눈에 들어왔습니다
너무 기특해 "예쁘다, 사랑한다"
마음으로 말해 줬더니
그때부터 이 장미가 부쩍 잘 자라기 시작했습니다
그리고 그 꽃
분홍 장미는 올봄, 꽃을 두 송이만 피웠는데
주황 장미는 봄부터 이 여름까지
벌써 다섯 송이나 꽃을 피우고
또다시 봉오리 두 개를 매달고 있습니다
17m의 거리
주황 장미는 멀리서도 내 시선을 느끼고
신이 나서 꽃을 피우고 있는 것입니다

사랑, 그것은
장미도 신이 나서 꽃을 피우게 하는 것입니다

사랑, 그것은 3
—P씨를 그리며

부산 모 은행 지점장을 지낸
P씨가 우리 곁을 떠났다
향년 71세
전직 교사였다가 식물 사람이 된 아내를
병원에도 보내지 않고
자그마치 6년 동안이나 그는
직접 집에서 지극정성으로 보살폈다
친구도 만나고 정인情人도 만들어
좀 쉬라고 했을 때도 그는
아내가 죽으면 같이 죽겠다고 했다
그의 몸에 전이된 폐암과 간암으로
아내를 요양병원에 보냈을 때
아내의 등에 난 욕창을 근심했던 그이다
먼 길 떠나기 바로 전날
부산에 가서 만났을 때
몇 번이고 손을 흔들며 '잘 가라'고 해서
주위의 눈시울을 붉게 했다고 한다

그는 떠났다
그가 그렇게 사랑했던 아내를 뒤에 두고

우리가 '천연기념물'이라고 이름 지어 불렀던 그

그의 말할 수 없는 아내 사랑에

새삼 가슴 먹먹해진다

사랑, 그것은 4
—그해 겨울

그해 겨울은 유난히 세찬 북풍이 불고
기온이 영하로 내려가 도무지
올라오지 못하는 날들이 이어졌다
이듬해 봄
위 밭에 있는 복숭아나무가
심한 동해를 입고, 죽어 버린 나무까지 여럿 생겨났다
상대적으로 거름이 과했던 위 밭의 나무가
속성으로 자라서
튼튼하지 못했던 것이다
더러는 복숭아나무를 논에도 심는 경우가 있는데
이때도 과한 양분으로
복숭아나무가 눈에 띄게 잘 자라고
알도 큼지막한데
맛과 당도가 현저히 떨어진다는 것이다
복숭아나무는 양분이 좀 부족한 듯한 곳에서
천천히 키워야 강하고 튼튼하고
맛도 좋은 열매를 맺는다는 것이다

사랑, 그것은
나와 당신의 그대를 참으로
깊이 생각해 보는 일이기도 합니다

사랑, 그것은 5

우리의 사랑은
산벚나무의 그것과 같아서
서로 어긋나기를 잘하고
하루 만에 환희와 지옥을 오가며
수많은 불면의 밤을 보내게도 한다
그래서 우리의 상처받은 영혼은
그 크기를 키우고
말없이 깊어지게 된다
깊어진 그 눈동자에 어리는
선한 눈빛은
세상에 대한 위로에 다름 아니다

사랑, 그것은 6
—고구마

　가을이었다

　그때 엄마는 성경 공부 하러 대구에 가시고 집에는 이모와 외할머니만 계셨다 시골 아이들의 가장 큰 기쁨 중 하나인 소풍날이었다 초등학교 1학년인 내 친구들은 모두들 그해 대유행인 삼각 오렌지 주스 비닐봉지를 소풍 가방 맨 위에 얹고 자랑스레 흔들며 가고 있었다 나만 유독 삶은 고구마만 잔뜩 넣어 가지고 있었다

　고구마,

　그건 농사짓는 우리 외가에서는 날마다 지천으로 먹는 것이었다 해마다 고구마를 두 가마니씩이나 추수해 놓았기 때문이다 문수산*에 올라 그 낭떠러지에 홀로 서서 나는 고구마를 산 아래로 던지기 시작했다 '이까짓 맛도 없는 물고구마' 하는 생각이 머릿속에 꽉 차 있었기 때문이다 그때 우리 담임이신 반정순 선생님께서 나를 막으시며 "아깝게 고구마를 왜 버리니? 나와 같이 먹자"고 하셨다 선생님과 함께 앉아 할 수 없이 고구마를 먹었다

　선생님과 함께 먹으니 고구마가 먹을 만도 했다 나의 초등학교 소풍은 그 일로 각인되어 있다

　사랑, 그것은

그대와 나의 가장 힘든 시간에 함께해 주는 것입니다

* 문수산: 경북 청도군의 한 산.

사랑, 그것은 7
—동백과 모란

지난 3월 초
뜰에 동백꽃 한 송이 피었습니다
그 옆에 반쯤 벌어진 꽃봉오리 함께
작년 7월 말 팥알만 한 봉오리가 맺혀
늦가을 서리와 한겨울의 혹한을 이겨 내고 꽃이 핀 것입니다
팥알이 자라 콩알이 되고 땅콩알이 되었을 때 1월의 함박
눈 내려
꽃잎이 얼어 버릴까 저어했으나
내 걱정을 이겨 내고 3월이 되자 일주일 열흘 간격으로
온 천지 자그만 꽃등이 빽빽이 달렸습니다
그 옆을 말없이 지키고 서 있던 모란은
동백이 지기를 기다려
4월 중순
그 크고 기품 있고 화려한 꽃을
또다시 활짝 피워 냈습니다

사랑, 그것은
나와 당신의 그대가 꽃 피우기까지
말없이 기다려 주는 일인 것 같습니다

사랑, 그것은 8
—당신과 나

> 너는 네 떡을 물 위에 던져라
> 여러 날 후에 도로 찾으리라
> —전도서 11장 1절

독일 프랑크푸르트 공항에서
급하게 산 단돈 8천 원짜리 패션 목걸이를
10년이 지난 지금도
여름이 오면 나는 걸고 다닌다

몇 해 전 가을
수영장에서 집으로 오는 길
뜬금없이 쇼핑센터에 내려
지갑이 없음을 발견한 그때
마침 나타난 당신에게 돈 천 원을 빌려
나는 간신히 집으로 올 수 있었다

우리 복숭아 농장에 도우미로 온
먼 태국의 청년들은
찌는 더위에도 아랑곳없이 더할 수 없는 사뿐한 걸음걸이로
우리 일을 거들어 주고 있다

당신과 나는 그때 어떻게 만났던가
만원 지하철에서, 생명을 담보한 코로나 초기 음압 병실에서

시외버스 터미널에서, 마침 화장지가 떨어진 관광지에서
만나지 않았던가
그때 당신은 나에게 말없이 손을 내밀어 주지 않았던가

오늘 우연히 만난 당신과 나는
또다시 무엇이 되어 다시 만날 것이다
그때 우리는 다시금 서로 손을 내밀어
말없는 미소로 서로를 맞이할 수 있을 것이다

사랑, 그것은 9
―규성이

첫돌을 갓 지난 규성이가
걸음마를 연습하고 있다
겨우 두 발짝 떼고 털썩, 팔을 흔들며 세 발짝 걷고 또 털썩
엉덩이가 주저앉는다
이번에는 방향을 틀다가 좀 더 세게 털썩―
꽤 아플 텐데도 규성이는 울지 않고 일어나
다시 웃으며 걷기를 시작한다
아빠가 마주 바라보고 웃으며 "아이구, 잘한다"
연신 맞장구를 쳐 주기 때문이다
걷기는 이제 규성이에게 반복하는 놀이가 되었다

그렇게 아이는 자란다
아이는 자라면서 가끔은 실패도 경험할 것이다
그러면서 아이는 자기만의 성공의 방정식을 터득할 것이다
많은 설렘과 기쁨의 나날이 찾아오겠지만
때로는 아픔도 피해 가지 못할 것이다
그럴 때마다 아빠는 또 웃으며 고개를 끄덕여 줄 것이다

사랑, 그것은 수없이 넘어지는
나와 당신을 변함없이 지지해 주고

오늘의 우리를 세워 주신

아들 바보, 딸 바보

바로 우리 모두의 부모님이십니다

사랑, 그것은 11
—어느 응급실 의사의 기록

환자는 고가 사다리차에서 떨어졌다고 했다
26세, 의식은 없었다
서둘러 링거를 꽂고 심전도를 체크하니 다행히 정상이었다
그러나 한 시간쯤 지난 후 갑자기 환자의 심전도가
미미한 포물선을 그리며 끊어질 듯 이어지고 있었다
끊어질 듯 겨우 이어지는 느린 포물선
그런 경우 통상 10분을 넘길 수 없다
서둘러 가족들을 불러 임종을 준비하라고 일렀다
가족들이 지켜보는 가운데 환자는 30분이 지나고
하루가 지나고 이틀이 지나도 마찬가지였다
마침내 환자의 아내가 나타났다
신혼 3개월 차
눈물범벅이 되어 환자 옆에 섰을 때
환자의 심전도는 조용히 평행선을 그렸다고 한다
의식이 없는 가운데 환자의 영혼은 이틀씩이나
죽음과의 사투를 벌였던 것이다
아내와 배 속의 3개월 된 아기에게 마지막 작별을 고하
기 위해

사랑, 그것은

죽음 그 절체절명의 순간에도
가장 사랑하는 한 사람에게 작별을
고한 후에야 떠날 수 있는 것입니다

'내 거'

미국 그랜드캐니언 국립공원을 관광하다
갑자기 한 전라도 아주머니가 소리를 질렀다
"내 거는 어디 갔노"
그 말에 모두들 웃음이 터졌다
장엄한 광경에 넋이 빠져 바라보다
갑자기 남편이 보이지 않자
목청을 돋우었던 것

가을 1
—단풍

구송폭포* 가는 길

단풍나무 숲에서

낙엽이 진다

벚꽃이 지듯 하늘하늘

단풍잎이 내린다

지난여름의 그 무성했던 추억을 접고

슬픔도 없이 떨어져 내리는

저 가벼운 낙하

돌 사이로 흐르는 얕은 물소리를 배경으로

발갛게 노랗게 저렇게 많은 꽃등을 달았다가

할 일 다 마치고 떠나는

저 스스럼없는 낙하

가을이다

우리도 이 지상地上의

작디작은 한 부분—후미진 골목길이라도

사랑으로 밝히다가

먼 훗날 저렇듯 아름다운

결별을 고할 수 있을까

* 구송폭포: 강원도 소양강 다목적댐 부근에 있다.

가을 2
—들길

들길을 걸으면
저 멀리 앞산을 거쳐 가을이 오고 있습니다
한 해의 온갖 아픔과 기쁨이
열매로 익어 가고
불어오는 바람 속에
하늘은 더욱 높아만 가고 있습니다
한 호흡* 뿐인 우리의 삶이
서러움을 느끼게도 합니다
그래서 우리는 더욱 자그마해지고
조금은 착해지고
물기 어린 눈으로 서로를 바라봅니다

사라져 가는 것들의 아름다움
이 속에 살아 있음의 향기가
더욱 진하게 느껴지는 요즘입니다

* 성서에서 인용.

감자밭

긴 이랑 감자밭에서
감자를 캐던 춘천의 한 할머니 농부
연이은 폭염과 장마로
감자가 흙 속에서 전부 썩어 버렸다고 한다
감자의 형체도 찾을 수 없을 정도로……
먼 하늘 바라보며
망연자실, 주저앉은
할머니의 흙빛 얼굴에
같은 농투성이 나는
새삼 가슴이 아프다

제2부

강둑을 걷다가

강둑을 걷다가
오랫동안 지는 해를 바라보았다
지는 해는 더 이상 눈이 부시지 않고
달처럼 평온하다
붉은 해가 가만히
온 하늘을 물들이며
서산을 넘어가는 풍경은
평화 그 자체다
마침내 해가 꼴깍 산 아래로 떨어지고
주위의 잔상은
더욱 애잔하게 물들어 있다

지는 해는 장엄하다
한 생명이 끝나는
사람의 죽음도 내밀한 의미에서 그러리라

겉과 속

시골집 뜰의 반송 그늘 아래
떨어진 솔잎 무더기 속에서
하얗고 예쁜 알들을 발견했다
세상에 있는 어떤 새의 알보다
우리가 먹는 계란이나 메추리알보다
티 없이 하얗고 매끈한 타원형의 알
남편에게 알렸더니 뱀알이라고 했다
순간 머리끝이 쭈뼛
열댓 개의 알들이 모두 뱀알이라니
서둘러 신문지 두 장을 덮고
그 위에 종이 박스도 덮고
올라가 밟았더니
붉은 핏물이 배어 나왔다
보통 알을 깨면 노란 난황이 나오는데……
마귀*의 현란한 눈속임
사물의 겉과 속이 이렇게 다를 수 있다니!

* 마귀: 창세기 3장에서 마귀는 이브를 꾀는 뱀의 형상으로 나온다.

규현이

아이가 세상을 대하는 모습은 경이롭다
두 돌을 목전에 둔 규현이가
눈 내린 시골집 마당에서
눈을 쳐다보며 짓는 저 신비의 미소
폐교를 활용한 산운생태공원에 가서
티라노사우루스 공룡 모형을 만지며 짓는
저 환한 기쁨의 미소라니!

규현이를 바라보면
반짝 내 마음에 등불이 켜진다

그해 겨울[*]

그해 겨울,

발이 푹푹 빠지는 폭설로

온통 눈으로 뒤덮인 우보[**] 지나 대구 가는 길

승용차를 타고 가다 미끄러져

차는 도로를 벗어나 그 아래쪽 논으로 곤두박질치고 있

었습니다

그 급박한 순간

나도 모르게 '주여!' 고함을 질렀습니다

차 앞부분이 거의 논으로 들어간 상태에서

차는 뚝 멈춰 섰고

우리는 가슴을 쓸어내리며 엉금엉금

차에서 기어 나왔습니다

앞바퀴가 공중에 붕 떠 있는

눈 내린 벌판에서

감격에 겨워 서 있었던 그때가 영 잊히지 않습니다

* 그해 겨울: 2018년 겨울.

** 우보: 경북 군위의 작은 마을.

꽃길

"엄마, 어디에도 꽃길은 없어요"
연전 30대 후반의 워킹 맘인 딸이
작심한 듯 말했다
나름의 인생 고백인 셈인데
대답이 궁해진 한참 부족한 엄마인 나는
밋밋하게 '그렇지' 그 말밖에 해 줄 수가 없었다
그런데 수능을 며칠 앞둔 오늘 북비산 로터리
대구광역시 북구 청장님의 격문이 펄럭였다
"수울술 풀어라 떡하니 붙어라"
"꽃길만 걸어라"
그래, 젊은 그대들 모두
우리의 친애하는 구청장님의 바람대로
떡하니 붙어서
앞길에 꽃길이 활짝 열리기를!
꽃길이 아니어도
더할 수 없는 버텨 내기 정신으로
상황을 이기고
스스로 꽃길을 만들어 나가시기를!

꿈의 완성

산골 생활 6년 차인 자연인 H씨는
늘 싱글벙글 웃는 얼굴이다
중학교 때 조실부모하고
형님들 아래서 자란 그는
양계 농장 알바로 시작해 덤프트럭 운전
크레인 운반 기사 등을 거쳐
중국 음식점을 운영하며 생계를 해결해 왔다
힘든 중국 음식점을 20년간 운영하다
이제 여유가 생기자
어렸을 때의 꿈인 산에 든 것이다
직접 만든 아담한 집 앞에 돌을 골라내고
아내가 좋아하는 코스모스 씨앗을 뿌리다
"이제 도시에 있는 아내만 오면 좋겠다"는 인터뷰어의 말에
"그렇게 되면 꿈의 완성이지요"
라고 싱긋 웃으며 대답했다

나무 1

그대와 함께 푸르게
나란히 나란히 푸르게
날마다 날마다 푸르게
조금씩 조금씩 쉬지 않고

나무 2

우리 동네 소공원에는 멋진 한 그루 나무가 있다
수령이 가장 오래된 나무, 한 60년은 될 성싶다
이 나무의 두 줄기는 굵고 긴데 70도 정도로 기울어 있다
나무가 자라면서 옆의 나무들을 배려해 그런 것 같다
수직으로 쭉쭉 서 있는 나무들 속에서 이는 얼마나 특별한 것인가
나뭇잎은 타원형인데 큼지막해서
어른 손바닥보다 훨씬 크고 부드럽다
바람이 불면 맑은 연둣빛 잎새가 고요하고 여유롭게 흔들린다
나는 이 나무를 친구로 정하고
그 아래 서서 기쁘게 가지 끝까지 올려다본다
어쩐지 나를 위로해 주는 모습이다

낙타는 달리지 않는다

낙타는 달리지 않습니다
체온이 올라 생명이 위태로워지기 때문입니다
그런 낙타가 사막을 달립니다
새끼를 데리고 있는 어미 낙타입니다
주인 부부가 어저께 난 새끼를
오토바이에 태워 옮겨 가고 있기 때문입니다
시속 67km
낙타가 달릴 수 있는 최고의 속도입니다
낙타는 그 속도에 맞춰
흙먼지가 풀썩이는 사막을 달리고 있습니다

우리 엄마도 사막을 달렸습니다
6 · 25 때 참전한 아버지를 대신해
엄마가 달릴 수 있는 최고의 속도로
사막을 달려 나와 언니를 키웠습니다
그런 엄마에게
내가 해 드린 건 지극히 작은 것뿐입니다
아무것도 해 드린 건 없다고 해도 맞는 말입니다

내 생일

울 엄마 엄동설한에
날 낳아 놓고 얼마나 추웠을까
아버지는 6 · 25 전투에 참전하느라
벌써 떠났는데
23세 꽃다운 나이에
얼마나 속상했을까
그보다도 당시 영양가 없는 딸자식
문풍지를 울리는 정월의 매서운 바람 소리에
얼마나 서러웠을까

내 볼을 타고 흐르는
눈물 두 방울
다시금 보고 싶은 내 어머니

농사를 지으며

농사는 하늘이 하는 부분이 너무 많다
가지치기를 해 주고 거름을 주고 예초기로 풀을 베어 주고
병충해를 방제하고 적과를 하고 봉지를 싸고……
그래도 일조량이 부족하거나 가뭄이 들거나
심한 태풍에 과일이 떨어지거나
겨울이나 봄에 기온이 너무 내려가 동해나 냉해가 오면
한 해 농사를 거의 접을 수도 있다
그래서 밤에 잠자리에 들며 나는 기도한다
주여 자두를
주여 복숭아를……

다부동 산에 산벚나무는 꽃 피어

다부동 산에 점점이
소나무 사이로 산벚이 꽃 피었다
짙은 초록의 틈새에 서 있는
흰빛인 듯 분홍인 듯 환한 꽃 잔치
6 · 25 전쟁이 한창일 때
가장 치열한 전투가 벌어졌던 곳
피아간에 많은 사상자를 기록하고
승전 기념비가 서 있는 곳
1950년 그때
머나먼 전투에서 말없이 사라진
아버지 얼굴과 오버랩된다

그러나 오늘은 부활절
이 아름다운 우리의 산과 하늘
강물이 흐르듯
역사는 흐르고
고통과 아픔과 죽음은
새 생명의 환희로 다시 태어난다

대명교회 성도님

어느 성경 묵상 기도회에서
잠깐 만났던 그분은 말했다
"아프면 무조건 감사해요
아프면 죽을 수 있으니까"
그러다 보면 어느새 병은
저만치 달아나 버리고 없다고

대왕암

울산 바다 대왕암 낭떠러지
떨어짐을 방지하려 둘러쳐진 쇠줄 위에
자물쇠 10여 개가 나란히 걸려 있다
이름 하여 '사랑의 자물쇠'
영원히 변치 않을 사랑의 징표로
열쇠도 없이 꼭꼭 잠가 놓은 자물쇠가
발갛게 녹슬어 가고 있다
수십 번도 넘게 맹세한 사랑의 약속은
속절없이 녹슬어 무너져 내리고 있는데,
차라리 대왕암 저 짙푸른 바다나
변함없이 우리를 내려다보시는 하늘이나
그보다 수만 년 움직이지 않을 바위를 두고 맹세함이
훨씬 믿을 만하겠다

데스 매치

TV조선의《내일은 국민가수》데스 매치에
가수들이 나와 혼신의 힘을 다해 노랠 부른다
부르다 지쳐 목이 메고
듣고 있다 감격에 겨워 눈물을 보이기도 한다
더러는 살아온 날들의 아픔과
살아갈 날들의 기대가 함께 녹아 있는
단 한 번의 노래로 이 모든 걸 담아 내는
그래서 더 처절하게 노래부르는
이 데스 매치
잠들어 있는 마음 문을 두드리는……
나도 그런 시를 쓰고 싶다

동행

우리 동네 소공원에는 벚나무 소나무 철쭉 등
여러 종류의 나무가 살고 있는데
그중에 이팝나무와 줄장미는 참 희한한
정경을 연출하고 있습니다
꽃이 지고 난 이팝나무 줄기에
줄장미 두 가지가 세를 들어 그에 기대어
높이 올라가 꽃을 피운 것입니다
이팝나무 높은 가지 푸른 이파리 사이로 보이는
붉은 줄장미는 얼마나 돋보이는지요
이팝나무는 세 든 장미꽃으로 인하여 너무 싱그러워져서
도무지 시선을 떼지 못하게 하고 있습니다
둘은 서로에게 짐이 되지도 피해를 주지도
않는 듯 보입니다

당신과 나의 동행도 오월 속에
이렇게 향기로워졌으면 합니다

제3부

따오기

따옥따옥 목소리가 처연한
따오기 한 가족
우포늪 옆 산 높은 소나무 둥지에서
수리부엉이의 공격을 받아
아빠 따오기는 완강한 싸움에서 죽고
새끼 둘은 잡아먹히고……

그래도 저 아래 물가에는
또 다른 따오기 부부가 무심한 듯 새끼 둘을 거느리고
먹이 사냥에 나섭니다
삶과 죽음의 교차
이렇게 따오기의 삶은 이어집니다

말할 수 없는 사랑, 그것은 10
―예수 그리스도

말할 수 없는 사랑, 그것은
자신을 낮추어 이 땅에 내려오신
예수 그리스도
머리의 가시면류관, 양손과 발의 굵은 대못
온몸의 멍 자국과 옆구리 창 자국, 쉼 없이 흘러내리는 피
그 십자가상의
한 생명을 온전히 제물로 내어 주신
우리를 향한
죽음보다 강한
사랑입니다

모과는 꽃이 예쁘다

모과꽃이 예쁘다
17세 소녀의 수줍은 첫사랑처럼
어여쁜 꽃이다
연초록 잎새 사이로 피어 있는
그 꿈꾸듯 아련한 분홍빛이라니
모과는 못생겼다
이즘은 개량종이 많아 모과가 매끈하기도 하지만
우리집 모과는 토종이라 울퉁불퉁 제멋대로다
우리집 과수원에 복숭아 자두 사과 등 여러 꽃이 피어 있어
시샘할까 두려워 큰 소리로 말은 못 하지만
모과꽃의 아름다움을 따라가지 못한다
모과꽃을 보면서
새삼 사람의 향기를 생각해 본다

모란이 피어 있어
—K씨에게

모란이 탐스럽게 피어 있습니다
화려하고도 품위가 있는 꽃
동백과 함께 내가 가장 좋아하는 꽃입니다
온 뜰에 향기가 스며들어 있습니다
이들을 보고 있으면
내 마음에 기쁨이 번집니다
앞마당에 나가 꽃과 눈을 맞추면
말없이 앉아 향기를 내뿜어
나를 설레게 합니다
삶은 소유의 문제가 아니고
생활 속에 숨어 있는
작은 기쁨과 사랑의 알갱이들을
발견하는 일이라고 생각합니다

무당벌레

점심 먹기 전 물을 마시려고
정수기에 물을 빼서 마셨더니
갑자기 혀끝에 쓴맛이 확 느껴졌다
깜짝 놀라 손에 뱉어 보니
오 요놈의 무당벌레
우리 과수원에 가장 먼저 나타나는 봄의 전령사
2월 말경이면 벌써 나타나 내 사랑을 확인하는……
내 옷에 붙어 부엌에 들어온 거다
무당벌레는 벌레 중에 제일 예쁘게 생겼다
작고 둥근 주황색 등딱지에 검은 점이 점점이 박혀 있는
귀여운 놈인데 왜 무당벌레란 이름이 붙었는지 모르겠다
그에 더하여 이놈은 이로운 벌레다
우리 밭에서 진딧물 등 여러 해충을 잡아먹는다
어느새 놈은 내 손바닥 위를 살살 기어가고 있는데
놀랍게도 전혀 감각이 느껴지지 않는다
나는 조심스레 문을 열고 이놈을 날려 보냈다
하! 무당벌레의 맛은 쓰다

2021. 3. 25.

무덤

무덤 속에 누워서는
사랑을 할 수가 없어
그 사실을 생각하면 나는 슬퍼진다
그러니
사랑을 나눠 줄 수 있을 때
그 기회를 놓치지 말 것!

바다

바닷가에 앉아서
광대무변한 우주의 파도 소리는 듣지 못하고
조개껍데기만 만지작거리다
돌아서는 내 삶은 아닌가

박태기나무

올해도 신천 변에 어김없이
박태기나무 꽃이 다정스레 피었다
박태기꽃을 보면 그 옛날
'영미'라는 이름을 내게 지어 주신 외할머니와
엄마가 생각난다
해마다 앞마당엔
붉은 쌀 튀밥 같이 생긴 그 꽃이 피었고
그때쯤이면 우리 집에는
마루에 밀판을 놓고 홍두깨로 밀가루 반죽을 얇게 밀어
칼로 숭숭 썰어 구수한 칼국수를 끓였다
고양이 쫀이와 나는
알 수 없이 신이 나 있었다

봄산

가을 단풍보다
더 아름다운
새롭게 내민 꿈꾸는 연초록과
하얗게 만개한 벚꽃 사이로
겨울 지난 소나무가 간간이 푸르다
파스텔 톤의 포근함을 품고 있는
저 산에 기대어
나도 뽀얗게 봄물이 들고 싶다

서걱대는 허리와
수분이 부족한 푸석푸석한 얼굴로
잿빛 아스팔트와 아파트 사이로
뒤뚱거리는 내 삶에
피어오르는 새 생명의 숨결이
조르륵 흐르게 하고 싶다

뻐꾸기와 소쩍새

낮에는 서늘히 뻐꾸기가 울고
밤에는 너무 울어 목이 쉰 소쩍새가 운다
농사일에 힘든 나를 위로해 주는
내 친구들이다
무디어진 내 마음을 푸르게 하는 뻐꾸기와
그리움을 키워 주는 소쩍새
이렇게 봄밤은 깊어 가고
세상과 일정 부분 격리된
이 어둠과 고요가 나는 좋다

2020. 5. 27.

산 밑 도로

새끼를 잉태한 크고 뚱뚱한 고라니가
떡하니 우리 길을 막았다
탑리로 가는 산 밑 도로
고라니보다 우리가 더 놀라
차를 세우고 상황을 가늠하고 있는데
건너편 차선에서 또 승용차 한 대가 나타났다
그 차도 우리와 같이 가는 길을 멈췄는데
당당해진 고라니
두 차 사이를 뒤뚱거리며 사열하고
산 쪽으로 올라가셨다

새끼를 밴 고라니도
어미 된 특권을 만끽하며 같이 살아가는
우리 고향으로 가는 이 작은 도로가
난 참 마음에 든다

상사화

상사화가 피었다
푸른 풀밭에 선연히 나타난 저 여린 분홍빛 꽃무리
뭉게구름 피어난 여름 하늘 아래
저 하늘거리는 몸짓이라니
내가 무엇이라 말할까
꿈인 듯 사랑인 듯 피어난
저 막힘이 없이 부드러운
순결한 영혼
말없이 드리운 여름 하늘

그때의 그대가 보고 싶다

십자고상

자그마한 십자고상을 찾아
마루 문갑 위에 두고부터
나는 심하게 화를 낼 수가 없어져 버렸다
나 자신에 대해 또는 상대방에 대해
그건 바로 내가
존귀하신 예수 그리스도를
십자가에 못 박은 죄인이므로……

쌍계천

연이틀 세찬 장대비가 내린 후
집 옆의 쌍계천에
도도한 황토물이 흘러내린다
시원을 향하여 흘러내리는 저 강물
뻥 가슴속의 멍울이 뚫리는 기분이다
삶의 아픔도 근심도 모두 녹여서
함께 흘러내린다
세월도 사람도 흘러내린다
지금은 인고의 계절
사람은 마스크를 쓰고 다니지만
저 강물은 막힘이 없다
모든 것을 집어삼킨 저 강물
백로 한 마리만 강 한복판을 가로질러
저 멀리 날아가고 있다

2021 . 7 . 2 .

아마릴리스

아마릴리스가 꽃을 피웠다
올봄 유난히 크고 화려한 주황색의 꽃을
긴 대 끝에 그것도 두 송이씩이나
자세히 보니 굵은 양파같이 탄탄했던 알뿌리가
쪼그라들어 탁구공만 하게 쭈글쭈글해졌다
불쌍한 아마릴리스
참한 아마릴리스에겐 생명을 담보할 만큼
힘든 행보인 것이다

내 안에서도
삶에서 맞닥뜨리는
슬픔의 강물이 흐르고 깊어지고
내 영혼에 묻은 어둠 벗겨지고
그래서 시다운 시를 쓸 수 있을까

약비

오랜 가뭄 끝, 무려 석 달 만에
타들어 가는 농심을 다독이는
비다운 비가 하루 종일 내렸다
우리 과수원에도 이제 과일이 굵어지겠다고
훈풍이 불었다
우의를 입고 논두렁에 제초 작업을 하던 농부
"이 비는 약비입니다 약비!"
하고 만면에 웃음을 띠며 기쁨을 표시했다

제4부

어떤 희망

내가 자주 다니는 공원 옆 빌라 옆문 곁에
노숙자 한 분이 와서 앉아 계셨다
무심코 지나다 보니 그는 차근차근 돈을 세고 있었다
그가 지닌 낡은 가방과 허름한 옷차림에 비해
그의 손에 들린 얇은 묶음의 만 원짜리 지폐는
참 깨끗하고 소중한 것이었다
내가 가진 어떤 돈도 그의 손에 들린
그 작은 묶음의 지폐에 비하면
빛을 잃을 것만 같았다

그의 손에 들린 그 적은 돈은
그의 기쁨과 희망의 전부인 것처럼
내게도 그런 어떤 것이 아직도 남아 있는 것인가

오미크론

오미크론*으로 연 2주 넘게 항생제를 복용하고
속이 아파서 동네 내과에 갔더니
젊은 여의사가 배를 꾹꾹 눌러 보고는
위가 부었다고 했다
남편에게 그 얘기를 전했더니
"간이 붓지 않아서 천만다행"이란다
순간 폭소가 터졌다
그렇지
위장이 부었으니 속만 쓰리고 아프지만
간댕이가 부으면 집안에 우환이 생기지
후훗!

* 오미크론: 코로나19 바이러스의 한 변종.

우크라이나 1

푸틴 러시아의 무차별 침공 당시
그 막무가내의 장갑차와 무장 군인들과
미사일의 굉음, 참혹한 죽음 앞에서
우크라이나의 젊은 젤렌스키 대통령은 외쳤다
"내게는 죽음을 겁낼 권리가 없다"
"나는 도피가 아니라 탄약이 필요하다"
개전 초기, 세계는 숨죽여 그를 바라보았다
아무 말도 해 줄 수가 없었다

우크라이나 2

날마다 자행되는 이 잔인한 전쟁
밀려드는 장갑차와
계속되는 총소리 대포 소리 미사일의 폭격 속에서도
연인과 나들이에서 두 다리가 잘리고
왼손 손가락 네 개가 없어진 우크라이나 신부가
병동에서 연인과 결혼식을 올리고
지하의 응급 야전침대 위에서는
새 생명이 태어나고 있었다
이 생명의 울음소리는
죽음의 공포를 물리치고 이겨 낼 것이다
이 암흑의 역사를
희망의 빛으로 밝혀 낼 것이다

우크라이나 3

푸틴 러시아의 이 이유 없는 공격으로
우크라이나의 돈바스 지역과 수도 키이우까지
아파트가 무너지고 병원과 학교와 공장 굴뚝이 파괴되어
날마다 검은 연기 치솟고
곳곳이 폐허가 되어 가고 있는데
우크라이나의 어린이들은 부활절을 맞아
죽음의 공포를 딛고
건물 지하에 촛불을 밝혀 놓고
부활절 계란에 색칠을 하고 있었다
타오르는 촛불 아래 그들의 빛나는 눈동자가 반짝였다
역사는 푸틴 러시아의 악함이 아니라
이 희망 어린 순수한 영혼들의 몫이 될 것이다
히틀러 죽음의 수용소 안에서
안네 프랑크의 일기가 살아남았듯이……

우크라이나 4

계속되는 폭발과 미사일 굉음에 놀라
공포에 질린 아이의 커다란 눈망울에
눈물이 그렁그렁 고인다
아버지가 아이를 안고 있지만
아이는 더욱더 그 품속으로 파고든다
이 악마의 전쟁은 언제 그 끝을 보일 것인가
이 겨울의 혹한 속에
모든 에너지 시설과 집과 공장, 학교와 아파트가 불타고
폐허로 내몰린 우크라이나 사람들은
어디서 안식을 찾을 수 있나
주여 우크라이나를 굽어살펴 주옵소서
이 아이들의 눈물을 주의 병에 담으소서*
우리의 눈물도 주의 병에 담으소서
그들에게 살길을 열어 주소서

* 성서에서 인용.

장례식

간단한 식을 마친 후
그의 시신은 화장장으로 향했다
한 시간 반의 연소 시간
그는 한 줌 재로 변해
작은 나무 상자에 담겼다
삶의 너무도 힘들었던 무게와 반대로
정말 가벼운 상자의 부피
부활 동산에 미리 만들어 둔 봉안당에
상자를 넣고 황토를 조금 넣고
뚜껑을 덮었다
그는 이제 가고
우리들의 기억에만 남게 될 것이었다

우리는 모두 끝내 한 줌 재
가고 다시 돌아오지 못하는 바람*
영원을 향하여 떠나가는 우리의 영혼만
그 나라에 가는 것 아닌가

* 시편 78편 39절.

제주 바다 1
―월정리

열 편의 시보다 더 아름다운
저 바다 너무 푸른 물빛
마음과 눈에 담아
두고두고 꺼내어 쓰면 좋겠네

저 물빛 닮은
눈빛 부드러운 사람들
오래도록 잊히지 않으면 좋겠네

내 기도 속에 떠오른 사람들
저 맑은 물빛으로
다시금 기록하면 또 좋겠네

제주 바다 2
―서귀포

제주 바다

저 푸른 깊이보다
저 맑은 넓이보다
저 투명한 바람보다 더욱
사랑할 수 있을까

주님처럼

제주 바다 3
—서귀포

줄지은 집어등을 단
오징어 배 한 척이 물살을 가르네
물보라 일으키는 곳마다
오징어 열리기를
아내와 아이들이 기다리는
만선의 꿈이 부풀어 오르기를
햇볕에 탄 검붉은 얼굴에도
함박웃음 넓게 넓게 번져 나기를

제주 바다 4
—섭지코지

제주도 섭지코지
저 멀리 보이는 둥근 수평선
저 깊고 푸른 바다가
지구를 안고 있다
나도 안겨 있다
하늘 아래 우리 모두 저 바다에 안겨 있다

주님 예수 그리스도 1

어부였던 요한의 아들 시몬을
베드로*로 만드신 주님

그물 깁는 세베데의 아들 요한을
사랑의 사도로 만드신 주님

세리** 레위를 거두어
마태복음을 쓰게 하신 주님

가장 낮은 우리 모두를 사랑하시는 주님

* 베드로: '반석'이란 뜻. 예수님의 수제자.
** 세리: 당시 로마의 속국인 유대에서 로마의 앞잡이로 '죄인'이란 딱
지가 붙은 기피 직업.

주님 예수 그리스도 2

간음하다 현장에서 잡힌 여인에게
"너희 중에 죄 없는 자가 먼저 돌로 치라"며
구원을 베풀어 주신 주님

십자가상의 오른편 강도에게
"오늘 밤 네가 나와 함께 낙원에 있으리라"고
영원을 약속해 주신 주님

스데반*을 돌로 치는 일에 앞장선 사울을
성 바오로로 만드신 주님

나를 사랑하시는 주님
사랑의 본체이신 주님

* 스데반: 초대교회에서 맨 처음 순교한 집사.

주님 예수 그리스도 3

내 맘이 아플 때
순전히 내 잘못으로 일을 그르쳐
속상하고 답답할 때
상황이 어려워 출구가 보이지 않을 때
주님의 음성이 생각으로 들린다
"내가 있잖아"
"네게는 내가 있잖니"
그렇지요 주님
주님 계시지요
그럼 다 된 거지요

참이는 날아가고

참이는 참매 새끼 이름이다

우리 집에서 제일 키 큰 메타세쿼이아 가지 위에서

어미가 물어다 주는 벌레를 받아먹다 떨어진 참이

그때부터 우리 식구가 되어 냉동실 고기를 받아먹었다

어미가 볼 수 있게 지붕 위에 올려진 참이는

먹이를 가지고 가서 손짓으로 오라고 하면

우리의 손짓에 정확히 맞춰

고개를 까닥이며 내려와 먹이를 먹었다

몰라보게 자라난 참이는

우리가 보이기만 하면 고개를 까닥이며 내려왔고

날쌔게 날아와 고기를 낚아채기도 했다

드디어 어미랑 형제와 화해한 참이는

우리 곁을 떠났다

날쌔고 지혜로운 참매가 되어

드넓은 하늘로 날아간 거다

우리의 작은 보살핌에

고개를 까닥이며 온몸으로 화답했던 참이

날마다 우리의 기쁨이 되어 주었던 참이다

나도 주님 앞에 참이가 되고 싶다

철쭉

우리 집의 붉은 철쭉이
몸살을 앓고 있다
지난겨울 혹독한 추위로 시들어 가는 3개의 화분에서
겨우 한두 잎 새잎이 나기 시작했는데
그중의 한 아이는 새잎도 없이
그 진한 기운에도 꽃송이 하나를 겨우 달았다
꽃 크기가 평소의 반밖에 되지 않았는데
그걸 피우고 난 후
지난해 나온 누른 잎 몇 개로 버티다
드디어 죽어 버렸다

꽃을 피우는 일
그것은 생명을 포기할 만한 노력이다
나는 못난이로 남아 죽고
내게서 아름다운 꽃이 피어나기를 기다리는 일
나는 한 번도
기대해 보지 못했다

제5부

청둥오리

해는 서산 너머로 내려가고
남겨 둔 빛 그림자가 한없이 평화로운 강변
바람도 비껴간 작은 여울에
청둥오리 새끼 네 마리가 노닐고 있다

사람은 코로나 사태로
마스크 쓰고 자가 격리에 들어간 지 오래지만
청둥오리는 그에 아랑곳없이 여유롭기만 하다
물결도 일으키지 않고 작디작은 동그라미 그리며
함께 그림같이 오르내리고 있는 것!

2020. 12. 23.

추도식

엄마 8주기 추도식 날
정보통신고 가서 아이 만나고
낮 12시 죽전동 알리앙스에서
친구 P 자녀 결혼식 참석했다
오후 4시, 미역국 끓이고 불고기 굽고
조기 프라이팬에 지지고
주문했던 회가 도착하고 표고버섯 볶아 내고……
아이들과 저녁을 차렸다

그러나 엄마의 지극한 사랑이 생각나서
종일 가슴 먹먹한 하루
내가 학교에서 돌아오면
손수 만든 푸른빛 꽃무늬 주름치마 입고
버선발 뛰어나오던 엄마의 영상이
22세에 혼자되신
엄마의 전 일생이
되풀이 상영되는 하루다
가슴 저릿한 하루다

추석

멀리 앞산 위에 밝은 달 떴네

유난히 크고 둥근 달

내 어릴 적 엄마와 외할머니

함께 바라보던 달

쑥송편 송기송편* 흰 송편 솔잎 위에 쩌 놓고

횃대보** 아래는 분홍 치마 노랑 저고리 걸어 놓고

신이 나 바라보던 달

내일 신을 새 고무신은 앞마루에 내어놓고

들뜬 맘으로 쳐다보던 달

지금은 세월 따라 무디어진 우리가

말없이 그냥 바라보고 있네

강변에는 두어 마리 반딧불이도 날아다니네

* 송기송편: 소나무 속껍질을 벗겨 빻아 쌀에 섞어 쩌 낸 갈색 송편.

** 횃대보: 큰 장롱이 없던 시절, 벽에 길게 쳐 놓고 그 아래 옷들을 걸
   어 둠.

축산항

동해 푸른 바다 축산항 바윗돌은
하루 한 번씩 꽃이 핀다
해가 지는 황혼 녘에 검고 울퉁불퉁한 바위들이
노을빛 낙조 속에서 베이지빛 주황빛 노란빛
형형색색으로 변하는데 그것은 마치 바위 꽃이 핀 듯하다
해가 서산으로 기울다 마지막으로 떨어지기 십여 분 전
바위들은 노을에 물든 그 감춰진 아름다움을 남김없이
드러내고
깜박 어둠에 젖어 든다

우리 아무렇지도 않고 평범한 삶에도
어둠이 내리기 전 이런 아름다움이
반짝 빛을 내는 순간이 있을 수 있을까

크리스마스 선물

지인에게 줄 크리스마스 선물을 사려고 지상철을 타고 D 백화점에 갔다 그분에게 줄 선물을 사고 우리 집에 필요한 한 가지도 사고 기쁜 맘으로 집으로 돌아오는 지상철을 탔는데 타고 보니 그분에게 줄 쇼핑백이 감쪽같이 사라졌다 동선을 되짚어 생각해 보니 승강장 벤치에 앉았다가 그만 쇼핑백을 두고 돌아오는 지상철을 탄 것이다 아차! 하는 순간 나는 사태의 심각성을 깨달았다 전에도 재래시장에 가서 추어탕을 끓일 미꾸라지를 샀다가 오는 길에 사라져 다시 그만큼의 미꾸라지를 산 기억도 떠올랐다 절망적인 기분이 되어 다시 지상철을 바꿔 타고 그 자리에 갔다 찾을 수 있다는 생각은 할 수 없고 그냥 후회는 없이 해야겠다는 다짐이었다 그런데 그 자리에는 자그마한 내 쇼핑백이 얌전하게 그대로 앉아 있었다 순간 눈물 한 방울이 뚝 떨어졌다 눈동자같이 지키시는 하나님의 손길! 돈을 잃어버렸으면 누군가 꼭 그 돈이 필요한 사람에게 간 것이라고 일찌감치 체념했을 것이었다 다시 같은 선물을, 디자인도 크기도 같은 것을 사야 하는 그 황당함…… 나는 올해 내 생애 가장 기쁜 크리스마스 선물을 받았다

2021. 12. 10.

푸른 유월

우리 과수원에 장끼*가 나타났다
나무 사이로 종종거리며 걸어 다니는
까투리**는 자주 눈에 띄었지만
장끼는 처음이다
덩치 크고 붉은 볏이 유난히 돋보이는
멋진 놈이다
까투리를 찾아 나선 걸까
창조주의 섭리에 따라 살아가는
저들의 삶은 얼마나 아름다운가
주일이라 모처럼 일을 쉬고 있는 내게
먹이 찾기도 쉽고 놀러 나온 장끼
과수원에 나타난 내 새로운 친구다

* 장끼: 꿩의 수컷.
** 까투리: 꿩의 암컷.

할미꽃

카트 끌고 찬거리 사러 갔다 오는 길
할머니를 만났다
허리가 직각으로 굽어진 할머니
50도도 아니고 70도도 아닌 직각
할머니에게도 난생처음 바다를 보고
가슴 가득 밀려오는 꿈에 부풀었던
열일곱 소녀 시절이 있었을까
잠 못 이루는 첫사랑의 추억도
그러나 그 모든 것을 지워 버리고 산 것 같은 할머니
할머니에게 지워진 삶의 무게……
할머니를 뒤로하고 돌아오는 길
가슴 먹먹한 슬픔이 느껴졌다

할머니가 이 땅의 삶을 마감하고
관에 누우실 때에는
누구보다 반반하게 허리를 펴고
반듯하게 누우실 것이다
할 일 다 마쳤노라고
마치 고개 숙이며 피어 있던 할미꽃이
해가 지고 해가 떠서 이울 때에는
막대기처럼 꼿꼿하게 허리를 펴고 서 있는 것처럼

행복
―내가 좋아하는 일

내 행복은
될수록 간편한 복장으로
새로 산 시집 한 권 달랑 들고
혼자 시외버스를 타는 일

장마 끝
물이 꽉 들어찬 강가에 나가
소용돌이치며 콸콸 흘러내리는
황토 물살을 바라보는 일

밤새 눈이 내린 고가古家에서
처마 밑에 달린 고드름이
옛날 어릴 때 먹던 그 맛인가 떼어 보는 일

발갛게 노랗게 물든 가을 숲속
벤치에 앉아
하나둘씩 떨어지는 단풍을
내리락 내리락 세어 보는 일
내가 좋아하는 일들은

횡재와 저승사자

누군가* 행복하게 여행하려면
가볍게 여행해야 한다고 했던가

돈다발을 책처럼 책장에 쟁여 놓고
살고 있던 한 중국 관리는
그의 부패와 수뢰 혐의로 당국에 넘겨져
사형선고를 받고 이십사 일 만에
전격 사형이 집행되었다는 소식

그에게 돈은 횡재였던가
망상인가 아니면 저승사자였던가

* 생텍쥐페리.

새봄

이 새봄, 꽃봉오리가 올라오는 모습이 경이롭다
검은 흙을 뚫고 올라오는 할미꽃의 봉오리는
보송보송 하얀 털에 감싸여 올라오는데
너무 예뻐 아침나절 내내 내 눈을 붙들고 있다
그 옆의 다홍 동백은 봉오리 윗부분만 빨간데
17세 소녀가 엄마 몰래 처음 바른 립스틱처럼 매혹적이다
꽃대와 같이 올라오는 수선화는 밑둥치가 도톰 부풀어
입 다물고 올라와서 마지막에 꽃을 연다
이 아름다운 꽃들의 기지개
무디어진 내 맘에
이렇듯 생생한 느낌……
등불을 켠다

호박

우리 집의 풀을 책임져 주는 예초기가
지난봄 큰 실수를 저질러
뒤뜰의 겨우 자라는 호박 넝쿨을
그대로 싹둑 잘라 버렸다
한숨을 쉬며 잊고 있었는데
그 가녀린 줄기가, 글쎄 그 약한 줄기가
끝내 죽지 않고 발밑에 뿌리를 내려
살아남았다
무차별 내리쬐는 뜨거운 햇볕을 이겨 내고
이제 가을,
커다란 애호박과 좀 늙은 호박, 두 덩이나 키워 냈다

겉모양과 너무 다른
호박의 강인한 생명력!
이 우주를 지탱하는 거룩한 생명의 힘
삶의 에너지에 경외심이 일었다

해 설

꿈인 듯 사랑인 듯 피어난 순결한 영혼
―박영미의 시 세계

유성호(문학평론가, 한양대학교 국문과 교수)

1. 근원적, 실존적 사랑의 서정시

박영미의 시는 보편적 삶의 이치에 대한 형상적 재현 과정
과 함께, 오래도록 마음에 남은 풍경과 장면에 대한 세밀한
묘사를 통해 존재의 기원과 현재형에 대한 나란한 질문을 수
행해 가는 데 온 힘을 기울인 서정적 정화精華이다. 한편으로
는 내면을 다스리고 한편으로는 세계를 개진하려는 이중의
의지를 견지한 것도 그가 써 가는 서정시의 고유 권역이라고
할 수 있을 것이다. 그렇게 그의 시는 삶의 무수한 상처와 감
사의 순간에 대한 기억을 순간적 잔상殘像으로 붙잡아 맴으로
써, 그 안에 실존적 고통과 언어 예술이 결속하는 과정을 아
름답게 보여 준다. 이처럼 박영미 시인은 자신의 존재론적 기
원과 함께 현재에 이르기까지 겪어 온 상처를 재구축함으로

써 그것을 치유하고 결국 거룩한 신성神聖에 감사하는 실존적 제의祭儀를 치러 가게 된다. 그 흐름을 아름답게 보여 준 이번 시집에 우리도 자연스럽게 몸과 마음을 싣게 된다.

그가 노래하는 시적 테마는 '사랑'이라는 에너지로 한결같이 귀결된다. 그가 중시하는 사랑의 차원은 유동적 감정의 상태를 넘어, 가장 근원적인 목소리를 통해 발화된다. 하지만 그것은 시인의 실존적 지점에서 발화하기도 하는 것이다. 이번 시집에서 시인이 사랑의 양상을 노래하는 모습은 이러한 근원적, 실존적 속성을 동시에 보여 준다. 그만큼 그가 사랑의 시학을 구현해 가는 모습은 매우 견고하고 지속적이다. 진솔한 삶의 고백을 통해 헌신과 사랑의 마음을 남김없이 보여 준 이번 시집은 그 점에서 시인 스스로 삶을 탐색하고 성찰하는 자기 확인의 속성을 강하게 띠고 있는 셈이다. 그만큼 시인은 자기 확인의 서사를 통해 지극한 사랑의 미학을 보여 줌으로써 삶을 탐색하고 성찰하는 과정을 한 차원 높게 완성해 간 것이다. 이제 그 세계 안으로 들어가 보도록 하자.

2. 애잔하지만 장엄한 소멸의 순간

말할 것도 없이 서정시는 시인 스스로의 존재론적 기억에 바쳐지는 언어예술이다. 그만큼 재귀적 속성이 강하고 스스로 일인칭 화자가 되어 스스로를 드러내고 스스로를 암시하는 함축의 노래이다. 우리는 이번 박영미 시집을 통해 서정시가 철저하게 사적 경험을 담은 양식이자 동시에 보편적 삶의 진실을 노래하는 장르임을 알게 된다. 지나온 날에 대한 그리움에서 발원하면서도 어떤 보편적 이치에 이르려는 시인의 상상력이 매우 역동적이고 밝게 다가온다. 사실 모든 기억이란 과거 시간에 대한 사실적 재현 과정이 아니라 시인의 현재적 관점에 의해 선택되어 구성되는 과정이라는 점에서, 박영미 시인이 구축해 가는 기억은 그가 스스로 선택하고 구성하는 삶의 형식을 고스란히 담아낸 것일 터이다. 결국 시인이 기억하고 재현해 가는 지난 시간이란 시인이 지금-여기에서 추구해 가는 어떤 원형에 대한 그리움에서 일관되게 생겨나는 것이라고 해도 맞을 것이다. 그렇게 박영미 시인은 지나온 시간과 영혼의 심연을 드러내면서 작품 안으로 자신이 겪은 인생 미학을 풍요롭게 불러오고 있다. 그 가운데 가장 빛나는 미학적 권역이 바로 오랜 경륜에서 묻어나는 넉넉한 삶의 혜안에 담겨 있는데, 그것은 만남과 이별, 생성과 소멸, 삶과 죽음 모두에서 발견하는 인생론적 지혜에서 발원하고 있다. 다음 시편을 먼저 읽어 보도록 하자.

구송폭포 가는 길
단풍나무 숲에서
낙엽이 진다
벚꽃이 지듯 하늘하늘
단풍잎이 내린다
지난여름의 그 무성했던 추억을 접고

슬픔도 없이 떨어져 내리는
저 가벼운 낙하
돌 사이로 흐르는 얕은 물소리를 배경으로
발갛게 노랗게 저렇게 많은 꽃등을 달았다가
할 일 다 마치고 떠나는
저 스스럼없는 낙하
가을이다
우리도 이 지상地上의
작디작은 한 부분—후미진 골목길이라도
사랑으로 밝히다가
먼 훗날 저렇듯 아름다운
결별을 고할 수 있을까

—「가을-단풍」 전문

   가을은 모든 결실이 이루어지는 풍요의 계절이지만, 다른 한편으로는 모든 각양의 생명들이 스스로를 떨어뜨리고 사라져 가는 소멸의 계절이기도 하다. 이 특유의 양가성이 가을을 단연 대표적인 시적 제재로 만들어 준다. 박영미 시인은 특별히 '낙엽'을 통해 사라짐의 아름다움을 노래한다. 구송폭포 가는 길에서 하늘하늘 내리는 단풍잎은 "지난여름의 그 무성했던 추억"을 그 안에 품고 있다. 그 추억의 무게를 최대한 가볍게 하고서 '하늘하늘'의 반대쪽인 지상으로 떨어지는 낙엽은 슬픔도 없이 스스럼없는 낙하를 수행 중이다. 많은 꽃등을 달았다가 자신의 소임을 마치고 떠나가는 가을을 두고, 시인은 우리도 사랑으로 지상의 외진 곳을 밝히다가 아름다운 결별을 고하며 떠날 수 있기를 희원하고 있다. "먼 훗날 저렇듯 아름다운/ 결별"이라는 표현 속에 가을 단풍은 아름다운 독자적 잔영을 뿌리고 사라져 간다. 그래서 가을 단풍나무 숲에서 바라본 낙엽은 천천히 "사라져 가는 것들의 아름다움"(『가을-들길』)으로 보편화하면서 시인에게 "아름다움이/ 반짝 빛을 내는 순간"(『축산항』)에 대한 갈망과 승인을 동시에 허락해 준 것이다. 다음은 어떠한가.

> 강둑을 걷다가
> 오랫동안 지는 해를 바라보았다
> 지는 해는 더 이상 눈이 부시지 않고
> 달처럼 평온하다
> 붉은 해가 가만히
> 온 하늘을 물들이며
> 서산을 넘어가는 풍경은
> 평화 그 자체다
> 마침내 해가 꼴깍 산 아래로 떨어지고
> 주위의 잔상은
> 더욱 애잔하게 물들어 있다
>
> 지는 해는 장엄하다
> 한 생명이 끝나는
> 사람의 죽음도 내밀한 의미에서 그러리라
> —「강둑을 걷다가」 전문

이번에는 숲이 아니라 강둑이다. 숲속에서 바라본 낙엽과 강둑에서 바라보는 석양은 서로를 닮았다. 지는 해는, 낙엽이 그러하듯, 더 이상 눈부시지 않다. 가만히 하늘을 물들이며 서산으로 넘어가는 태양은 "평화 그 자체"로서 어쩌면 밤하늘의 '달'처럼 평온하기만 하다. 마침내 태양은 산 아래로 떨어지면서 그 잔상으로 주위 풍경을 애잔하게 만들어 낸다. 하지만 그 애잔함은 천천히 장엄함으로 몸을 바꾸면서 "한 생명이 끝나는/ 사람의 죽음"도 그러한 차원에 이르게 될 것을 소망하는 박영미 시의 "내밀한 의미"를 은유하게 된다. 천천히 강둑을 걷다가 만난 '소멸=죽음'의 아름다움이 시인의 마음 가득히 번져 가는 순간이 아닐 수 없다. 그렇게 시인은 우리 삶을 "눈동자같이 지키시는 하나님의 손길"(「크리스마스 선물」)에 의지하여 "창조주의 섭리에 따라 살아가는/ 저들의 삶은 얼마나 아름다운"(「푸른 유월」)지를 노래한다. 그 생성과 소멸, 삶과 죽음 모두가 "우주를 지탱하는 거룩한 생명의 힘"(「호박」)이었던 셈이다.

잘 알다시피, 한 편 한 편의 서정시에는 시인이 직접 겪어 온 경험과 기억은 물론, 대상을 향한 한없는 애착이 압축되어 담겨 있게 마련이다. 이를 두고 우리는 시인과 대상 사이의 대화적 관계성이라고 불러도 좋을 것이다. 말하자면 이는 한없는 애착을 대상 안으로 이입함으로써 독자들로 하여금 간절한 자신의 마음을 반추하게끔 하기도 하고 새로운 인식의 차원을 경험하게끔 하기도 하는 원리인 것이다. 박영미의 시는 시인과 독자 사이의 경험적 소통을 전제로 하면서,

자신이 경험적으로 깨닫게 된 인생론적 지혜를 나누는 확연한 세례이다. 그 관계성의 파문이, 사라져 가는 삶의 마지막 모습에 대한 아름다운 묘사의 마음을 가져오게끔 해 준 것이다. 이처럼 애잔하지만 장엄한 소멸의 순간에서 박영미의 시는 씌어진다.

3. 삶에서 발견해 가는 신비와 경이

박영미 시인은 자신의 오랜 경륜과 역량을 인생론적 사색에 정성스럽게 쏟아붓는다. 아닌 게 아니라 그는 이번 시집에서 현실에서는 거의 불가능한 존재 전환을 꾀하면서 남루한 일상을 벗어나 전혀 다른 생성적 거소居所로 몸과 마음과 영혼을 옮겨 간다. 이때 이루어지는 존재 전환이란 일상의 삶에서 가장 먼 원심으로까지 나아갔다가 다시 어김없이 스스로의 구심으로 귀환해 들어오는 과정을 선명하게 보여 준다. 그만큼 시인은 서정시의 회귀적 속성을 남김없이 충족하면서 고조곤하고 친밀한 내면 지향의 목소리를 하염없이 발화해 간다. 그 안에는 만만찮은 성찰과 발견의 역동적 감각이 담겨 있고, 세계 내적 존재로서 펼쳐 가는 다양한 순간이 아름답게 출렁이고 있다. 그 순간의 힘을 통해 박영미 시인은 삶에서 발견하는 신비와 경이를 투명하고 친화력 있는 시선으로 살펴 가고 있는 것이다.

열 편의 시보다 더 아름다운
저 바다 너무 푸른 물빛
마음과 눈에 담아
두고두고 꺼내어 쓰면 좋겠네

저 물빛 닮은
눈빛 부드러운 사람들
오래도록 잊히지 않으면 좋겠네

내 기도 속에 떠오른 사람들
저 맑은 물빛으로
다시금 기록하면 또 좋겠네
                        ―「제주 바다 1-월정리」전문

세상의 모든 소멸 과정을 아름다이 바라보고 형상화해 가
는 시인의 눈길과 손길은 "열 편의 시보다 더 아름다운/ 저
바다"의 푸른 물빛도 마음과 눈에 담아 두게끔 한다. 푸른 바
다의 물빛을 두고두고 꺼내 보면서 시인은 앞으로도 아름다
운 시를 써 갈 것이다. 나아가 그 시선과 필치는 "저 물빛 닮
은/ 눈빛 부드러운 사람들"로 이어져 그 "기도 속에 떠오른
사람들"을 오래도록 잊지 않게 해 줄 것이다. 저 푸르고 맑은
물빛으로 그들의 삶을 기록해 갈 '시인 박영미'의 모습이 제
주 바다 월정리를 배경으로 눈부시게 푸르게 전해져 온다. 아
마도 시인은 "시원을 향하여 흘러내리는"(「쌍계천」) 물빛을 닮
은 마음으로 "영혼에 묻은 어둠 벗겨지고/ 그래서 시다운 시

를 쓸 수 있을"(「아마릴리스」) 순간을 한없이 맞이해 갈 것이다.

> 멀리 앞산 위에 밝은 달 떴네
> 유난히 크고 둥근 달
> 내 어릴 적 엄마와 외할머니
> 함께 바라보던 달
> 쑥송편 송기송편 흰 송편 솔잎 위에 쪄 놓고
> 횃대보 아래는 분홍 치마 노랑 저고리 걸어 놓고
> 신이 나 바라보던 달
> 내일 신을 새 고무신은 앞마루에 내어놓고
> 들뜬 맘으로 쳐다보던 달
> 지금은 세월 따라 무디어진 우리가
> 말없이 그냥 바라보고 있네
> 강변에는 두어 마리 반딧불이도 날아다니네
>
> ―「추석」 전문

　이번에는 자신의 지난날에 대한 애틋한 재현 과정이 담겼
다. 이 또한 사람살이의 한 구체적 장면으로서 살갑게 다가
온다. 특별히 가장 중요한 명절인 추석의 풍경이 담겼는데,
어릴 적 시인은 멀리 앞산 위에 뜬 "유난히 크고 둥근 달"을
엄마와 외할머니와 함께 바라보았다. '외할머니―엄마―어린
시인'이라는 모성 계보의 흐름 속에서 '보름달'이 가지는 풍요
와 원만의 원형 속성은 더욱 두드러진다. 솔잎 위에 찐 "쑥송
편 송기송편 흰 송편"이나 횃대보 아래 걸린 "분홍 치마 노랑
저고리" 같은 먹거리나 입을 거리의 세목들도 신이 나서 바라

보던 달이 가져다준 축복일지도 모른다. 추석날 신게 될 새 고무신도 마음을 들뜨게 하던 그날의 설렘도 다 어디로 갔을까. 이제 세월 따라 마음도 무디어져 달도 말없이 바라볼 뿐인데, 강변에 날아다니는 두어 마리 반딧불이만 변하되 변하지 않는 그 무엇을 암시해 주고 있다. 그 애틋하고 아름다운 순간이 점멸하는 순간, 시인은 "무디어진 내 맘에/ 이렇듯 생생한 느낌"(「새봄」)으로 다가오는 옛 기억으로 잠겨 가고, 나아가 "생활 속에 숨어 있는/ 작은 기쁨과 사랑의 알갱이들을/ 발견하는"(「모란이 피어 있어-K씨에게」) 것이다.

대체로 그리움이란 대상을 향한 간절함이 시간의 풍화에 따라 천천히 지워져 가다가 문득 순간적 충일함으로 번져 가는 정서적 지향을 함의한다. 그래서 그것은 이인칭의 부재 상황을 실존적으로 승인하고 거기서 발생하는 깨끗한 슬픔을 넉넉하게 수용해 가는 과정을 받아들이게 된다. 시인은 이러한 그리움을 저류底流에 숨기면서 오랜 시간 함께 흘러 온 사람들과 옛 시간들을 애틋한 기억의 현상학으로 남김없이 보여 준다. 아니 지난날에 대한 그리움의 차원을 넘어 실존적 고독과 가없는 사랑의 시학으로 무게중심을 옮겨 가고 있다. 오랜 기억의 깊고 눈부신 한순간이 그렇게 현상하고 있다. 이렇게 누군가와 언젠가를 향한 마음을 표현해 가는 시인은, 서서히 자신의 시간으로 회귀하는 성찰적 자의식으로 움직여 가는데, 이때 그의 자의식을 구성하는 질료는 구체적 경험에 대한 기억이고 그 기억을 통한 자기 회귀의 의지일 것이다.

4. 지상의 사랑, 궁극의 사랑

　결국 박영미는 사랑의 시인이다. 그는 삶의 표면을 뚫고 들
어가 이면에 숨쉬고 있는 사랑의 심층적 의미를 찾아내고 표
현한다. 자신이 겪어 온 기쁨과 감사와 행복의 시간을 재현하
면서 그 안에 흐르고 있을 가장 긍정적인 사랑의 이법理法에
대해 노래한다. 이러한 과정을 통해 시인은 인간의 보편적이
고 근원적인 존재 형식을 재차 질문하면서 자신의 시를 궁극
의 사랑에 대한 절절한 행복과 감사의 노래로 만들어 간다.
그리고 우리는 이러한 그의 깨달음을 통해 새롭게 움트는 삶
의 질서에 대한 열망을 잔잔하게 경험하게 된다. 그만큼 박
영미 시에는 삶을 새롭게 전환하려는 가없는 열망과 긍정의
시선으로 바라보려는 신비와 경이가 깊이 숨겨져 있다. 그래
서인지 우리는 박영미의 시를 시인 자신의 존재론적 기원과
삶의 슬픔 그럼에도 불구하고 지속되어야 할 사랑의 의지에
대한 기록으로 읽게 된다. 그것은 아프게 통과해 온 시간들
에 대한 재현과 치유의 기억이자, 궁극적 실재(ultimate reality)
를 향한 지극한 헌신과 사랑을 토로하고 앞으로 펼쳐질 삶에
대한 실존적 의지를 담은 고백록이기도 하다. 그렇게 시인은
자신의 기원과 사랑의 탐색을 통해 견고하고 아름다운 실존
적 의지에 가닿고 있는 것이다. 그래서 이번 시집은 시인 스
스로에게는 중요한 신앙적 다짐의 계기가 될 것이고, 우리에
게는 진정성 있는 시적 주체가 들려주는 사랑의 목소리로 다
가올 것이다.

거대한 혹등고래가 폐그물에 걸려
호흡을 하지 못해 몸부림치며
죽어 가고 있었습니다
위기를 직감한 고래 연구가 P씨는
위험을 무릅쓰고 고래에게 다가가
그물을 잘라 내기 시작했습니다
그때마다 고래가 머리를 휘저어
아내와 다섯 살짜리 딸이 타고 있는 배가
전복될 위기가 왔지만
그는 그 작업을 멈출 수 없었습니다
그는 아내와 딸을 세상 누구보다 사랑했지만
고래도 그에 못지않게 사랑했습니다
마침내 고래가 해방되고
어엿이 헤엄치기 시작했습니다
잠깐 시간이 지난 후
고래는 배 주위를 돌면서
몸을 수직으로 일으켜 세워 신나게 뛰어오르며
장관을 연출하기 시작했습니다
그 고래는 40번이나 뛰어오르며
생명을 구해 준 고마움을 표시하고는
유유히 대양으로 사라져 갔습니다

사랑, 그것은
이 온 세상을 하나로 묶는
가장 강력한 끈입니다

—「사랑, 그것은 1-혹등고래」 전문

이 아름다운 작품에는 하나의 서사적 줄거리가 내포되어 있다. 거대한 흑등고래 한 마리가 폐그물에 걸려 몸부림치며 죽어 가고 있을 때, 고래 연구가 P씨가 그물을 잘라 내 고래를 살려 준 것이다. 아내와 다섯 살짜리 딸이 함께 타고 있어 리스크가 컸지만 그래도 그는 그 작업을 멈추지 않았다. 그만큼 그는 아내와 딸 못지않게 고래라는 생명을 사랑했던 진정한 연구가였다. 마침내 고래는 헤엄을 쳐 자유가 되었다. 하지만 고래는 해방감에 곧바로 그곳을 떠나지 않고 자신을 구해 준 이들의 배 주위에서 늠름하게 몸을 수직으로 일으켜 세워 신나게 뛰어오르며 장관을 연출하는 게 아닌가. 그렇듯 고마움을 표하고 유유히 대양으로 떠나간 고래를 통해 정성과 보은의 감응感應 과정을 노래한 시인은 "사랑, 그것은/ 이 온 세상을 하나로 묶는/ 가장 강력한 끈"이라고 강조한다. '사랑, 그것은' 연작 첫 편인 이 작품은 '흑등고래'를 소재로 하여 이처럼 사랑의 진정성에 대해 노래하였다. 그렇게 시인은 "사랑, 그것은/ 장미도 신이 나서 꽃을 피우게 하는 것"(「사랑, 그것은 2-장미」)이고 "사랑을 나눠 줄 수 있을 때/ 그 기회를 놓치지 말 것!"(「무덤」)이라고 외치는 것이다.

상사화가 피었다
푸른 풀밭에 선연히 나타난 저 여린 분홍빛 꽃무리
뭉게구름 피어난 여름 하늘 아래
저 하늘거리는 몸짓이라니
내가 무엇이라 말할까

꿈인 듯 사랑인 듯 피어난
저 막힘이 없이 부드러운
순결한 영혼
말없이 드리운 여름 하늘

그때의 그대가 보고 싶다
—「상사화」 전문

어부였던 요한의 아들 시몬을
베드로로 만드신 주님

그물 깁는 세베데의 아들 요한을
사랑의 사도로 만드신 주님

세리 레위를 거두어
마태복음을 쓰게 하신 주님

가장 낮은 우리 모두를 사랑하시는 주님
—「주님 예수 그리스도 1」 전문

'상사화相思花'는 이름 그대로 서로를 사모하는 형상을 하고
있다. 꽃말은 이룰 수 없는 사랑이고, 꽃과 잎이 다른 시기에
피어 만날 수 없는 연인에 빗대어 그러한 이름이 붙은 것이다.
여름 하늘 아래 푸른 풀밭에 나타난 "저 여린 분홍빛" 상사화
무리의 "하늘거리는 몸짓"을 바라보면서 시인은 "꿈인 듯 사
랑인 듯 피어난/ 저 막힘이 없이 부드러운/ 순결한 영혼"이라

고 표현해 본다. 하지만 말로는 부족한 그 모습에 의탁하여 시인은 "그때의 그대가 보고" 싶음을 고백한다. 작품을 사랑의 연시戀詩로 귀착시킨 것이다. 이때 '상사화'라는 대상은 시인의 마음속에 지워지지 않는 불멸의 사랑으로 남은 그 무엇일 것이다. 아래 작품은 시인의 신앙적 대상인 그분을 노래한 작품이다. 다른 데서도 시인은 자신이 "존귀하신 예수 그리스도를/ 십자가에 못 박은 죄인"(『십자고상』)이고 그분은 "사랑의 본체이신 주님"(『주님 예수 그리스도 2』)이라고 노래했지만, 이 작품에서 그러한 사랑의 의미를 더욱 크게 확산해 가고 있다. 그 사랑의 능력은 "어부였던 요한의 아들 시몬을/ 베드로로" 그리고 "그물 깁는 세베데의 아들 요한을/ 사랑의 사도로" 마지막으로 "세리 레위를 거두어/ 마태복음을" 쓴 저자로 만드신데서 입증된다. 이러한 전폭적 존재 전환의 능력이야말로 사랑이 아니면 불가능했을 것이기 때문이다. 그렇게 "가장 낮은 우리 모두를 사랑하시는" 그분의 "음성이 생각으로 들린"(『주님 예수 그리스도 3』) 시간 속에서 박영미는 시인으로서 밝고 환하게 우뚝하다.

이렇게 박영미의 이번 시집은 사랑으로 살아가는 시인으로서의 자의식이 암유暗喩되어 새겨진 결실을 뜻깊게 보여 준다. 서정시의 오랜 미학적 본령인 회감의 작용에 의해 구현된 이러한 사랑 지향성은, 자아와 대상 사이의 거리를 탐색하는 서사와는 달리, 대상과 현저하게 거리를 좁히면서 이루어 낸 순간적 통합의 원리를 잘 보여 준다. 우리는 이러한 경험 세계를 선명하게 기억하고 고백하는 것을 중심 원리로 삼는 박영미의 시가 자기동일성의 훌륭한 범례範例로 남을 것임을 어렵지 않게 알게 된다. 그렇게 세계와 갈등을 일으키지 않는 사랑의 미학을 중시하면서 그것을 충만한 현재형으로 표현해 가는 그의 시는 앞으로도 꾸준히 쓰여질 것이다. 그 점에서 그의 시는 서정의 자기 규정적 원리를 전형적으로 증언하고 있는 미학적 기록이라고 할 수 있다. 지상의 사랑과 궁극의 사랑 모두가 이러한 흐름 속에서 고백되고 있는 것이다.

5. 더없이 중요한 시인으로서의 기념비

지금까지 천천히 읽어 왔듯이, 우리는 박영미의 시를 따라 서정시가 주는 위안과 치유의 빛을 충분하고도 충실하게 쬘 수 있었다. 그만큼 이번 시집은 세상살이의 고단함과 가파름을 겪어 낸 원숙한 주체가 삶의 근원적 이치와 지혜를 설파해 가는 인생의 지도地圖이기도 하고, 스스로의 삶을 내밀하게 토로해 가는 마음의 고백록이기도 하다. 시인은 인생의 숱한 순간을 따라 자신의 마음을 새롭게 발견하고 다시 그 마음의 힘으로 사물을 새롭게 바라보는 과정을 역동적으로 이어 간다. 그 과정은 세상을 더 넓고 깊게 받아들이려는 의지에 의해 뒷받침되어 있고, 시인 스스로 삶의 보람을 간직하려는 의지에 의해 절묘한 균형을 이루어 간다. 말하자면 시인은 자신이 중요하게 품은 가치를 작품 안으로 적극 끌어들이면서 그것에 충실하게 다가서려 했던 지난날을 성찰적으로 결합시키고 있는 것이다. 그래서 자기 확인 의지를 강렬하게 드러내면서도,

꿈인 듯 사랑인 듯 피어난 순결한 영혼으로서의 균형 감각을 견고하게 지켜 낸 것이다.

앞에서도 강조했듯이, 서정시는 시인이 새롭게 구축한 시간을 통해 자신으로 귀환하는 속성을 가진 언어예술 양식이다. 그래서 비록 시간을 초월하는 경우를 지향한다 할지라도 그것은 지나온 시간에 대한 또 다른 가치 판단을 담고 있을 때가 많은 법이다. 그만큼 서정시는 시간에 대한 경험적 재구성의 양식이라고 할 수 있다. 우리 시대를 혹자는 폐허의 시대라고 말하지만, 우리는 아직도 서정시를 쓰고 읽음으로써 세상을 역설적으로 개진하고 견뎌 가게 된다. 그 점에서 '시인'이란, 오랜 시간의 기억을 순간적 함축 속에 재구성함으로써 이 폐허의 시대를 견디게끔 해 주는 언어의 사제司祭라고 부를 수 있을 것이다. 박영미 시인은 우리에게 이러한 견딤과 위안을 주는 치유와 긍정의 기록을 이번 시집에 실어 보여 주었다. 결국 그는 현재의 지층 속에 화석같이 숨 쉬고 있는 기억을 재현하면서 동시에 그때의 한 순간을 현재형으로 생생하게 구성해 내는 특장을 첨예하게 보여 주었다. 이러한 원리를 가능하게 해 준 것이 그의 오랜 기억에서 샘솟는 사랑의 언어였음은 우리가 지금까지 읽어 온 바와 같다. 더없는 감사와 그리움의 눈부신 순간을 담아낸 이번 시집이 시인의 삶에 더없이 중요한 시인으로서의 기념비(monument)가 되어 주리라 믿고 축하의 말씀을 드린다. 그리고 우리는, 앞으로도 그 세계가 아늑하고 아득하게 펼쳐져 박영미의 시 세계가 더욱 확장되어 가기를, 마음 깊이 소망해 보는 것이다.